O EMPINADOR DE POEMAS

Editora Appris Ltda.
1.ª Edição - Copyright© 2021 dos autores
Direitos de Edição Reservados à Editora Appris Ltda.

Nenhuma parte desta obra poderá ser utilizada indevidamente, sem estar de acordo com a Lei n° 9.610/98. Se incorreções forem encontradas, serão de exclusiva responsabilidade de seus organizadores. Foi realizado o Depósito Legal na Fundação Biblioteca Nacional, de acordo com as Leis nos 10.994, de 14/12/2004, e 12.192, de 14/01/2010.

Catalogação na Fonte
Elaborado por: Josefina A. S. Guedes
Bibliotecária CRB 9/870

D541e 2021	Dias, Maria Heloísa Martins O empinador de poemas / Maria Heloísa Martins Dias. - 1. ed. - Curitiba : Appris, 2021. 75 p. ; 21 cm. (Coleção geral) ISBN 978-65-250-1735-8 1. Literatura juvenil. 2. Poesia brasileira. 3. Metalinguagem. I. Título. CDD – 028.5

Livro de acordo com a normalização técnica da ABNT

Appris editora

Editora e Livraria Appris Ltda.
Av. Manoel Ribas, 2265 – Mercês
Curitiba/PR – CEP: 80810-002
Tel. (41) 3156 - 4731
www.editoraappris.com.br

Printed in Brazil
Impresso no Brasil

Maria Heloísa Martins Dias

O EMPINADOR DE POEMAS

FICHA TÉCNICA

EDITORIAL	Augusto V. de A. Coelho
	Marli Caetano
	Sara C. de Andrade Coelho
COMITÊ EDITORIAL	Andréa Barbosa Gouveia (UFPR)
	Jacques de Lima Ferreira (UP)
	Marilda Aparecida Behrens (PUCPR)
	Ana El Achkar (UNIVERSO/RJ)
	Conrado Moreira Mendes (PUC-MG)
	Eliete Correia dos Santos (UEPB)
	Fabiano Santos (UERJ/IESP)
	Francinete Fernandes de Sousa (UEPB)
	Francisco Carlos Duarte (PUCPR)
	Francisco de Assis (Fiam-Faam, SP, Brasil)
	Juliana Reichert Assunção Tonelli (UEL)
	Maria Aparecida Barbosa (USP)
	Maria Helena Zamora (PUC-Rio)
	Maria Margarida de Andrade (Umack)
	Roque Ismael da Costa Güllich (UFFS)
	Toni Reis (UFPR)
	Valdomiro de Oliveira (UFPR)
	Valério Brusamolin (IFPR)
ASSESSORIA EDITORIAL	Lucas Casarini
REVISÃO	Ana Lúcia Wehr
PRODUÇÃO EDITORIAL	Bruna Holmen
DIAGRAMAÇÃO	Yaidiris Torres
CAPA	Érica Martins Dias
COMUNICAÇÃO	Carlos Eduardo Pereira
	Débora Nazário
	Karla Pipolo Olegário
LIVRARIAS E EVENTOS	Estevão Misael
GERÊNCIA DE FINANÇAS	Selma Maria Fernandes do Valle

*A todos os leitores jovens que curtem
a literatura e a vida,
mais especialmente
a vida da literatura.*

APRESENTAÇÃO

O que você vai ler, caro leitor, é fruto da minha convivência com a poesia, uma prática, ao mesmo tempo, amorosa e crítica, que dura já muitos anos.

Quanto ao amor, explico pela força com que a linguagem poética me arrebatou para compartilhar de sua intimidade, feita de ESPACIALIDADE, ARRANJOS E COMBINAÇÕES DE PALAVRAS, IMAGENS, RITMOS, RECORRÊNCIAS SONORAS, SENTIDOS IMPREVISÍVEIS, MISTÉRIO... enfim, um corpo que me seduziu de imediato.

Quanto à crítica, bem, isso já não aconteceu tão depressa, foi construindo-se lentamente, à medida que ia me aproximando mais das poesias para uma leitura mais profunda e exigente. Na verdade, foi graças à minha atuação como professora de literatura que o espírito crítico foi se aguçando e tornando maior o prazer no contato com o texto poético.

Mas o fato mais curioso é que, ao contrário do que pode acontecer com muitas pessoas, a sensação de prazer veio justamente do desafio de ler e compreender a poesia, como se ela me dissesse: "*Penetre surdamente em meu universo, esqueça o que você já ouviu e leu, abra-se para o misterioso, mesmo que seja incompreensível na aparência, você se surpreenderá com o resultado!*". O que ela queria dizer com isso é, mais ou menos, o que disse o poeta brasileiro João Cabral de Melo Neto, ao comparar a palavra poética com a pedra: "*Para aprender da pedra, frequentá-la*", em seu poema "Educação pela pedra". Ou seja: a dureza e a resistência da linguagem são o grande trunfo da poesia.

Aceitei esse desafio – realmente, a poesia tinha toda razão – e fui me encantando com as descobertas, cada vez mais.

Em minha companhia, estiveram Carlos Drummond de Andrade, Cecília Meireles, Manuel Bandeira, Murilo Mendes, Haroldo e Augusto de Campos, João Cabral, Fernando Pessoa e seus heterônimos, Camões, Cesário Verde, Alexandre O´Neill, Mário Cesariny de Vasconcelos, Mallarmé, Baudelaire, Edgar Allan Poe, Whitmann e outros tantos que me ajudaram em minha aventura de leitora e professora.

Agora vem o mais importante. Ler, compreender e sentir prazer no convívio com a poesia é extremamente agradável. Mas ainda mais interessante é CRIAR poesia, produzi-la.

Aí, sim, está o verdadeiro fruto (e bem saboroso!) de meu desempenho ao longo de todos os anos de experiência, eis uma conquista que quero compartilhar com você, leitor, para que possa também viver essa experiência – CRIAR suas poesias.

A leitura, enquanto aprendizagem, nos instiga a imaginação e nos fornece instrumentos para desenvolvermos habilidades técnicas capazes de nos levar a produzir poemas. *Engenho e arte*, como disse Luís de Camões, o famoso poeta português.

E *O empinador de poemas*? Afinal, é o livro que você vai ler agora. Falemos sobre ele.

Pensei em escrever poemas, principalmente (mas não exclusivamente) destinados a jovens, com o propósito de estimular a leitura e o fazer poesia. Organizei os poemas em três momentos ou partes: "Preparando os primeiros voos", "Aparando as arestas-varetas" e "Ganhando as alturas". E sabe por que esses títulos?

Bem, estou revelando segredinhos, mas não tem importância, é isso mesmo que quero fazer – abrir uma porta para você penetrar em meu universo! Na primeira parte, trato de imagens e temas mais relacionados à infância, na segunda, há um amadurecimento da linguagem para abordar a transição para uma fase mais adulta e, na terceira, os poemas revelam uma concepção mais elaborada, uma fase amadurecida, digamos, relacionada à própria linguagem e ao fazer, à criação. Deu para entender?

Cabe a você observar e aproveitar essas dicas que deixo aqui, como possíveis pistas de leitura.

Você aceita o desafio de empinar sozinho os poemas? Brinque à vontade!!!

Maria Heloísa Martins Dias

São Paulo, 07/10/2010

PREFÁCIO

O livro de Maria Heloísa Martins Dias, impulsionado pela imagem suscitada no título – *O empinador de poemas* –, arma-se como uma pipa e, à medida que você a empina, voa cada vez mais alto no tempo, planando, desenvolta e enriquecida, no percurso da viagem, nas asas largas da alegoria. Os poemas que corporificam essa metáfora são três. O que dá título ao livro, performatizando a construção do poema-pipa, na segunda parte. Na terceira, "Receita de poesia" apresenta os passos de toda a construção, enquanto o "Empina(dor)" eleva e sustenta, com habilidade, o engenho no ar, completando o ciclo pelo qual passa o leitor: da brincadeira à fabricação do próprio brinquedo-poema.

Somos convidados a brincar, a deixar os poemas voarem, a sentir a vibração das emoções. Um jogo de liberdade que atravessa camadas de sentidos, mas, como nas pipas, há linhas que ligam o empinador às surpresas da aventura. Diante desse enigmático brinquedo, delicado, bailarino, musical – o poema-pipa –, há, também, os contratempos, as tensões, as variações do vento, instigando as habilidades do empinador. É este o desafio proposto: abrir as páginas-asas do livro e fazer seus poemas voarem.

Trata-se de uma viagem no tempo, como indica a autora. Dividido em três partes, o livro percorre memórias da infância ("Preparando os primeiros voos"), faz uma travessia pelas turbulências da adolescência ("Aparando as arestas-varetas") e atinge a plenitude da maturidade ("Ganhando as alturas"), com poemas mais complexos e atemporais. Do lúdico, a lírica mergulha em um plano mais profundo e aporta no próprio fazer poético, perfazendo um movimento completo no exercício da poesia.

Na primeira parte, o jogo parece ser a chave que abre os segredos da linguagem poética. O primeiro poema, "A chave do tamanho", forma um jogo duplo: o da imagem da criança, no passado, que partiu levando a mala cheia de sonhos; o do adulto, que ficou e, no presente, anuncia a posse da chave para abri-la. Lendo por esse prisma, o poema também se desdobra em outro duplo, ao se metaforizar na mala de sonhos, desejos e fantasias, enquanto o Eu que o enuncia oferece a chave dos caminhos poéticos para revisitar esses sonhos, transubstanciando a sensibilidade infantil em linguagem de poesia. Nas demais partes, mudam-se os temas, buscando-se uma progressão etária, e essa chave se torna cada vez mais ativa, movendo a metalinguagem para destacar o fazer poético.

De posse da chave, o leitor pode acessar os poemas-brinquedos do início. Em "Jogo de amarelinha", o percurso duplica o próprio jogo: amarelinha no chão / teclado na mão. O que o conteúdo indaga (Como viver o real por meio do virtual?), o poema concretiza na forma, apresentando-se como as quadras do jogo. Essa solução concretista, adequando-se à natureza e aos temas dos poemas, também retorna em outros momentos do livro. Aqui, em similitude ao pensamento mágico-visual infantil, ela realiza, no poema "Escorregador", a sua síntese mais expressiva: o subir e o escorregar. Nos demais poemas, o duplo interliga o personagem ou jogador ao próprio brinquedo ("Carrossel", "Perna de pau" e "Pebolim"), ou se associa a ele, como um anjo salvador: "Balanço".

Outro grupo opõe uma cena eufórica inicial a um desfecho melancólico em suspensão, como uma maneira de gerar o estranhamento enquanto recurso poético. Em "Respeitável público", o espetáculo termina com o artista tirando o próprio riso do rosto, enquanto, nos demais, o procedimento singulariza os seguintes flagrantes: "Somente os olhos-de-sogra permaneceram abertos, / resistentes ao assédio" ("Parabéns!"); "Sopro fatal: / diante dos olhos / e do espanto / o ar engole a bolha / e o encanto" ("A bolha de sabão"); "No chão, apenas /a arma perversa / que o verso não diz" ("Estilingue").

Fechando o primeiro bloco, a paródia em "Ciranda de textos" rememora a tradição das cantigas de roda, e "Reino encantado" põe em cena personagens dos contos de fadas e dos modernos parques de diversão, mas capturados e animados pelo vídeo do garoto. Esse domínio da tecnologia, em cortes metonímicos, impõe-se mais radical e ironicamente "No parque", onde tudo é enquadrado e imobilizado pelas lentes deslizantes do garoto solitário.

Na parte dois, em consonância à faixa etária modulada, o brinquedo que duplica o corpo e prolonga o sonho é o skate ("Asas nos pés"), enquanto, para a menina, o sonho está "Na passarela", onde, "por ela, não haveria fim, / nem tiraria as vestes de seu sucesso". No passo seguinte, o duplo se manifesta na imagem do sorriso da menina, gerando o jogo entre o visível e o invisível ("O espelho"). Mas é outro sorriso, o da Júlia, que captura Júlio ("Amor-perfeito"), no tabuleiro do novo jogo do despertar amoroso.

Seguindo essa linha do amadurecimento, o brincar passa a enredar o jogador no próprio brinquedo ("Navegar à deriva"), enquanto a sexualidade se instala ("Bonequinha de luxo"), e a crise de identidade ("Ponto de interrogação") aprofunda-se ("Identidade fatal"). O princípio do prazer dá lugar à realidade, como a imagem abandonada do menor, em "Dormir com os anjos". Já o jogo amoroso passa a ser jogado na distância entre a falta e o desejo ("Paixões") e o "Bailado" agora prevê "o impossível equilíbrio / entre o eu e o outro". Para temperar a seriedade, a contraface do humor, que instiga alguns poemas, explode, como fecho, no concretista "Self".

"O empinador de poemas", também desse grupo, metaforiza todo o processo: a construção do brinquedo e seu voo.

A terceira parte é o reino da poesia: da poeta; dos poetas que a poeta lê e admira; e de seu leitor, que vai perpassar por todos essas fases e esses fios no seu papel de empinador.

O jogo começa como no poema "Ba(r)ba", com um indicativo de idade e desdobrando a duplicidade: a das palavras, no plano da forma; e no espelho, com o personagem e sua imagem, no plano do conteúdo. Em "Falsa intimidade", denuncia-se, pela ironia, a falsidade dos discursos e dos amores embalados nas redes sociais. Mas esse jogo entre o real e o irreal ganha contornos de "Revolta", com as próprias palavras se libertando das telas para o plano da imaginação.

O domínio, nessa parte, é da metalinguagem, que se impõe, a partir de "Jogos verbais", no jogo da linguagem, com os significantes conduzindo e surpreendendo os significados: "Só a **dor** não cabe em **Dorotéia**, / que preferia se chamar Florisbela". Assim, dois grupos de poemas intensificam os jogos, convidando e duplicando conhecidos e renomados poetas.

Um grupo interage à maneira de, ou seja, vai além da paródia que desencadeia o processo para se aproximar da arte desses poetas em um mesmo plano, exercitando os qualificativos e os recursos formais dessas poéticas. Além de um saber fazer poesia, exige-se um nível estilístico mais elaborado, pois a *poiésis* se faz pela arte da poesia do outro. Integram esse bloco "Desromantizando", "Os jogos de Fernando Pessoa", "Retrato de Cecília Meireles", "Às voltas com Camões" e "À maneira de Bandeira".

Num plano mais radical, propõe-se o diálogo com o outro. Mais que o conhecimento da força e dos meandros dessas poéticas, interagir nesse nível coloca em jogo a identidade estilística da própria poeta em "Drummondiana" e "Dialogando com João Cabral". Um terceiro, "Poema Concreto", em homenagem a Augusto de Campos, se faz, no fazer do outro, o fascínio da poesia. Completam essa parte os já referidos poemas que empinam a metáfora do livro: "Receita de poesia" e "Empina (dor)".

Empinar uma pipa lembra, simbolicamente, a relação do leitor com o poema. Há o prazer da diversão, o aparente controle, as tensões e o mergulho em uma gama de sensações. O desafio é interagir com o brinquedo, não deixar a linha arrebentar. Mantê-lo vivo, planando, dançando contra as correntezas e os abismos do ar. Sentir a mão no leme ao mesmo tempo que se vislumbram novos rumos. Deixar-se embalar no seu bailado para vivenciar plenamente a própria aventura de voar.

Se a pipa voa com os impulsos do vento, os poemas ganham vida com o sopro do leitor. Vamos despertá-los, empinador!

Sérgio Vicente Motta
Professor de Literatura Brasileira – UNESP

SUMÁRIO

PREPARANDO OS PRIMEIROS VOOS

A CHAVE DO TAMANHO 21
JOGO DE AMARELINHA 23
PARABÉNS!!! 24
A BOLHA DE SABÃO 25
O ESTILINGUE 26
CARROSSEL 27
PEBOLIM 28
RESPEITÁVEL PÚBLICO! 29
PERNA DE PAU 30
CIRANDA DE TEXTOS 31
REINO ENCANTADO 33
BALANÇO 34
O ESCORREGADOR 35
NO PARQUE 36

APARANDO AS ARESTAS-VARETAS

AMOR-PERFEITO 39
ASAS NOS PÉS 40
NA PASSARELA 42
O EMPINADOR DE POEMAS 43
O ESPELHO 45
PONTO DE INTERROGAÇÃO 47

NAVEGAR À DERIVA 48
BONEQUINHA DE LUXO 49
IDENTIDADE FATAL 51
BAILADO 52
PAIXÕES 54
SELF 55

GANHANDO AS ALTURAS
JOGOS VERBAIS 59
BA (R) BA 60
FALSA INTIMIDADE 61
RECEITA DE POESIA 62
DESROMANTIZANDO 63
OS JOGOS DE FERNANDO PESSOA 65
RETRATO DE CECÍLIA MEIRELES 66
ÀS VOLTAS COM CAMÕES 68
À MANEIRA DE BANDEIRA 69
DRUMMONDIANA 70
DIALOGANDO COM JOÃO CABRAL 71
POEMA CONCRETO 72
REVOLTA 73
EMPINA(DOR) 74

Preparando os primeiros voos

A CHAVE DO TAMANHO

A criança que morou em mim
não sabia ser criança.
Não sabia ou não queria?
Nunca me respondeu.

Ela contava os dias, as horas
pra que o tempo voasse
e ela crescesse depressa
mais depressa que as árvores
de desenho animado.

A criança que morou em mim
conversava com seus pensamentos
em voz alta
mas eles eram tantos
que mal cabiam na cabecinha
onde também reinavam em seus recantos
desejos e fantasias.

A criança que morou em mim
não tinha brinquedos.
Brincava com seus medos
e seus segredos.

Ela os guardava tão fundo
que eles viraram um mundo
lá no fundo de si mesma.

A criança que morou em mim
pegou uma mala cheia de sonhos
e partiu.
Não me avisou
nem se despediu.

Quem encontrar a mala encantada
favor devolvê-la
pois eu tenho a chave para abri-la.

JOGO DE AMARELINHA

A cada quadrado traçado
o prazer de descobrir
o segredo de um brinquedo.

De um a dez, os números
exibem o seu corpo negro
sobre o amarelo.

As casas já estão à espera
da pedra e dos pulos
dos pés alternados.

O edifício tem por céu seu limite
mas é preciso saltar os andares
são patamares que testam
o difícil equilíbrio.

Os comandos a chamam
os atalhos confundem
as teclas são pedras

Mover ao acaso
é impossível.
As regras são claras

Diante da tela
e do jogo aberto à aventura
ela indaga ansiosa
aguardando uma resposta:
— Como viver o real por meio do virtual?

PARABÉNS!!!

Velas estreladas lançam fagulhas
sobre a superfície lisa de chocolate
que permanece intacta
enquanto duram as palmas e o canto.

Olhos gulosos passeiam pela mesa:
brigadeiros, bombocados, beijinhos,
cajuzinhos, queijadinhas, quindins, cocadas,
pés-de-moleque, merengues.
Tudo devorado em poucos instantes.

Somente os olhos-de-sogra permaneceram abertos,
resistentes ao assédio.

A BOLHA DE SABÃO

Os olhos na bolha.
A bolha a bulir com o olhar.

No ar, paira a esfera transparente
onde dançam reflexos multicoloridos.

Um sopro apenas, para a bola
conquistar o espaço
com seu planar etéreo
e diáfano.
É o que o menino deseja.

Sopro fatal:
diante dos olhos
e do espanto
o ar engole a bolha
e o encanto.

O ESTILINGUE

O pássaro morreu na (p)alma da minha mão.

Não sei se seu corpo
pôde sentir o calor posto na alma
com que o acolhi.

Mas senti suas penas ainda quentes
de uma agonia que resistia
heroica.

Ninguém para confirmar a coragem
de uma mão espalmada
carregando a morte
e o seu silêncio.

Impossível encarar
os olhos abertos para o nada.
Impossível soltar a penugem
aconchegada à minha textura.

No chão, apenas
a arma perversa
que o verso não diz.

CARROSSEL

O movimento circular dos cavalinhos
e os pulos do coração do menino
encontram-se no giro mágico
onde os sonhos se somam
compondo um mundo liberto

O tempo roda
desloca seus limites
o agora é a hora (e)terna
sem pausa nem pouso

Misturam-se o cá e o lá
misturam-se as cores dos cavalos
mistura-se o corpo do cavalinho
ao corpo do menino
misturam-se os desejos
do rodopio infinito

PEBOLIM

Que nome engraçado para um brinquedo!
Não sei quem inventou
nem a palavra, nem esse jogo.
Só sei que me divirto bastante
ao não parar um instante
de mexer os pauzinhos.

Habilidade não me falta
a garra sempre está em alta.

A bola e os olhos se confundem
nos ágeis e rápidos movimentos
os jogadores não têm trégua
ninguém ouve suas reclamações nem xingamentos
somente os ruídos dos choques na pelota.

– Aí, patota, não vão dar uma chance pra gente jogar?

RESPEITÁVEL PÚBLICO!

    malabarista
        equilibrista
            contorcionista
                ilusionista

                    o espanto nos olhos
                    os pés na corda
                    o fogo na boca
                    o sorvete na mão
                    os pombos na caixa
                    gargalhadas no ar
                    pipocas no chão
                    na cartola, o imprevisto

        luzes no picadeiro:

ele olha para a plateia,
tira o imenso nariz,
tira o chapéu colorido,
tira o riso do rosto,
e encerra o espetáculo.

PERNA DE PAU

Vista do alto
com casas, carros e crianças
a rua parece
uma cidade em miniatura

Percorrer as calçadas com a paciência
de seus passos de madeira
sem pressa e com prazer
movido pela ciência do lazer

Impossível a proximidade do afeto
que se cumpre como olhar a distância
e beijos lançados da altura

A corneta é sua voz assoprando melodias
para os sonhos de pequeninas pernas de pau
equilibrando-se rumo ao futuro

CIRANDA DE TEXTOS

A canoa virou
Por deixar ela virar
Foi por causa da ganância
Que não quis controlar.

        Ah, se eu fosse um peixinho
        E pudesse aflorar
        Eu mandava o Reizinho
        Lá pro fundo do mar.

Samba Lelê tá doente
Tá com a cabeça quebrada
Tudo por causa do agente
Que lhe deu trinta pancadas.

        Samba, samba, samba, oh Lelê!
        Pisa na barra do cara, oh Lelê!
        Samba, samba, samba, oh Lelê!
        Pisa na barra do cara, oh Lelê!

Mas não pisa nesta rua,
Nesta rua onde tem um bosque
Que não se chama solidão
Porque nele todos andam
Em constante comunhão.

       Cai, não, balão,
       Cai, não, balão,
       Deixa minha mão em paz,
       Eu não vou, eu não vou, eu não vou,
       Onde o fogo não me apraz.

O anel que tu me deste
Era plástico e arrebentou
O limão que tu chupaste
Era azedo pra chuchu
Pirulito que tu bateste
Em nada me acolheu
O pau que no gato atiraste
Por sorte não o acertou

       Teresinha,
       Não a de Jesus,
       Soube ouvir o canto
       De quem chega do nada
       E se deita em sua cama
       Sorrateiro, mas meigo,
       E se instala em seu coração.

Assim, nas calhas de roda,
A que o poeta deu corda
Gira a entreter a razão
Entretecida à tradição.

REINO ENCANTADO

Mickeys e *Donalds* passeiam pelos parques
Imobiliza-se numa estátua a Bela Adormecida
Cinderela desfila com seus sapatinhos de cristal
Pela calçada, os três porquinhos varrem folhas caídas
Saltita o Bambi pelos jardins
Lobo Mau e Chapeuzinho brincam de pega-pega
Na ciranda, giram de mãos dadas Branca de Neve e os anõezinhos
Pula o Pluto pelos parapeitos de pedra
Bruxas voam velozes em suas vassouras
Estrelas e luzes faíscam ao redor das fadas

Outras personagens, animadas pelo garoto,
querem entrar em cena
e o vídeo seria infinito
mas é preciso desligá-lo.
A tela se apaga
O poema se fecha.

BALANÇO

As tranças da menina voam
no compasso dos impulsos
que dá ao balanço
o espaço dança à sua volta
dentro dela, os sonhos se mexem
o vento bate suave em seu rosto
o vaivém parece infinito
até que as cordas se soltam dos ganchos
e um repentino grito
acorda o anjo que acode ao chamado
e acolhe a menina em suas asas

O ESCORREGADOR

```
            O
a               e
h               s
n                 c
i                   o
d                     r
a                       r
c                         e
s                           g
e                             a
a                               d
m                                 o
u       tem                         r
```

    para fazer as crianças
    logo chegarem ao chão
    e subirem novamente
    como se escalassem o céu

NO PARQUE

Mãos imóveis, olhos fixos, enquadramento, focagem.
Clic – o algodão doce é uma nuvem clara
Clic – grãos de milho pipocam atrás do vidro
Clic – a salsicha mostra sua língua, saindo do pão
Clic – garrafas de refrigerante descansam nos bancos
Clic – o saquinho amassado de amendoim aperta-se na quina do muro
Clic – restos de salgadinhos espreitam pela lata de lixo
A câmera se movimenta à procura das crianças.
Onde se esconderam esses malandrinhos?
Roda gigante
balanços
gira-gira
montanha russa
carrossel
barracas e tendas
              todos os brinquedos imóveis.

Menos a lente, que se movimenta mais uma vez e acerta o foco.
Clic – o garoto solitário sentado no banco a olhar para o nada.

Aparando as arestas-varetas

AMOR–PERFEITO

As juras de Júlia
feitas de pés juntos
não eram meros ecos de palavras

        As idas e vindas de Júlia
        não se perdiam
        no círculo do vazio

    O jeito de Júlia
    de jogar os dados
    não se dava ao acaso

As histórias contadas por Júlia
jamais eram tragédias,
de seus trejeitos, brotavam gestas

        A janela em que ficava Júlia
        se abria à jardineira de gerânios
        e às manhãs incansáveis

    O sorriso maroto de Júlia
    capturou Júlio
    que se afinou com seu nome
    e afundou nas duas covinhas.

ASAS NOS PÉS

As rodas ignoram
a aspereza do asfalto

velozes voam levadas
pela força dos pés

e o corpo bamboleia
dança no espaço

pressionando a pequena prancha
em curvas sinuosas

não há obstáculo
para a volúpia do deslize

a paisagem vertiginosa
escapa ao olhar

que somente se fixa
no movimento perpétuo

eis o impulso para o salto
quando o ar os acolhe

corpo e skate imantados
tem como pouso o infinito

outro impulso: ele acorda
mas deixa no sonho o voo de rodas

NA PASSARELA

O sapato dança em seus pés
recusando seguir pela passarela
o corpinho mal se equilibra nos saltos
mas o sorriso é seu trunfo maior.
Os olhos e a boca pintados
desafiam a inocência do rosto
Colares, pulseiras, brincos
impõem o dourado do brilho.
Isabela sabe que está a brilhar.
Que importam os tropeços,
o balanço desajeitado?
A pequena figura chapliniana
desfila sua graça
alheia a troças
ou a críticas.
Assobios, palmas, gritinhos
entoam a música
de seus passos.
Por ela, não haveria fim
na passarela do prazer
não tiraria as vestes de seu sucesso.

O EMPINADOR DE POEMAS

As palavras
se sobrepondo
sem arrumação
chegando xeretas
sem seu chamado

No fio da sintaxe
mal se equilibram
pulam sem nexo
atropelam o
natural movimento do ritmo

A custo consegue
o controle entre
a elevação e a queda

A musa e o diabo
assopram ao seu redor
ele não lhes dá ouvidos
segue apenas os sons próprios
de sua música interior

Um puxão daqui
outro dali
mas algumas letras
se soltam

   e alçam o voo livre
planando longe da
a

  r

    m

      a

       ç

      ã

        o

O ESPELHO

A imagem lhe sorri
e ela se espanta.
Afasta-se, mas o sorriso
a alcança.

Fecha os olhos, buscando o invisível,
ele continua a fitá-la.
De volta a encarar o visível,
não viu nada no espelho.
O espanto cresceu.

*Espelho, espelho meu,
que brincadeira é essa, sorrateira,
densamente traiçoeira?*

A resposta embaçou o vidro,
trincou a moldura,
projetou-se no abismo partido.

Só então ela pôde ver sua (própria?)
imagem
e sorriu.
Dormir com os anjos

A ponte como teto
onde dorme feito um

feto
seus sonhos crescem
como os dejetos à volta.

A grana, o crack,
o tira, o assalto,
o tiro, a mira,
a fuga, o susto,
o morro, a morte,
a sorte, a noite.

Anjos de negro chegam em silêncio
e olham o corpo
hesitam um instante
mas o sopro os incita.

Sob a ponte
apenas o chão com a coberta vazia.

PONTO DE INTERROGAÇÃO

— Por que eu nasci menina?
— Por que preciso fechar os olhos pra dormir?
— Por que eu não consigo sorrir sempre?
— Por que a Lua não me entende?
— Por que o espelho me olha?
— Por que o focinho do Totó é peludo?
— Por que o arco-íris está tão longe?
— Por que quero comer brigadeiro todo dia?
— Por que a Carla é tão chata?
— Por que a mamãe fica brava?
— Por que não gosto das sombras?
— Por que ninguém me responde?
— Por que o eco é engraçado?
— Engraçado, engraçado, engraçado, engraçado...

NAVEGAR À DERIVA

Clicar aqui e ali
fechar as janelas indiscretas
abrir outras janelas curiosas
deletar aquela imagem
que a olha com insistência
remover as mensagens antigas
inserir uma nova foto
responder ao chamado que pulsa
buscar novos amigos
recusar inúmeros pedidos
comentar fatos, fotos, fofocas, fetiches
remover vírus, viroses e virulências

A tela se cansou e lhe mandou um ultimato:
– Dê-me uma trégua ou eu te mato.

BONEQUINHA DE LUXO

Ele olha (e)ternamente para
o verde vítreo e os cílios longos
com que ela olha para o nada.

Acaricia o louro dos cabelos e a face lustrosa
guardada em seu mistério.

Não aprova o vestido que ela usa:
o rosa, as pregas, a gola alta, as mangas largas,
– Quem a colocou nessa redoma antiga?
Melhor desnudá-la.

O corpo sinuoso
violando a cor violeta
que ele percorre com as mãos.
Os botões saltando das casas.
Os dedos pulsando nas dobras.

A noite se fecha em seu silêncio,
ele se abre ao seu brinquedo.

O prazer se cumpre
na intimidade do jogo onde se enlaçam
sonho e crueldade.

Ele se desenlaça do corpo

inerte.
Ela se amolda à caixa em que é colocada.
Não sabe nunca o que a espera.
Ele sabe sempre onde encontrá-la.

IDENTIDADE FATAL

Ser ou não ser?
eu me pergunto
todos os dias
mesmo sem ser
personagem
de Shakespeare

Que fazer com
as angústias
que me dila-
ce-
ram?

Humor
Rancor

O tempo não passa
a crise não passa
a dor não passa
só fica a rima
com uva-passa

BAILADO

Assopra-se a pluma
o corpo se eleva
a alma respira
rumo às alturas.

Entre o ar e o solo
arroja-se o rodopio
como o voo
que reconhece
o seu ponto de pouso.

Outro corpo
se abre ao diálogo
tecido no espaço
onde o encontro se dá
no risco do incerto.

A simetria arrisca
o impossível equilíbrio
entre o eu e o outro.

Traça a coreografia
sua harmonia de agonias
nos movimentos atônitos
em busca dos acordes
finais.

Eis que o impulso
não mais que um susto
traça o imprevisto
para o salto mortal.

Vida e morte dançam
o móvel abraço
no enlace de seus passos.

PAIXÕES

Não conseguia virar o rosto
sempre traída pelos seus olhos
buscando se fixar naquele corpo

Procurava um lugar discreto
onde pudesse ficar (meio oculta)
uma porta entreaberta, atrás de uma coluna,
na calçada oposta, próxima de uma vidraça,
mas ao alcance daquele corpo
para fruir todas as linhas e formas
captadas por seu olhar

Apaixonou-se por esse jogo
encenado entre o visível e o invisível
não mais o corpo, mas a captura impossível
a distância entre a falta e o desejo

SELF

Face
　　　Faceira
　Face a Face
　　Com　　O
　　　　Facebook
　　Até
E s f a c e l a r
　　No

　　Ar

Ganhando as alturas

JOGOS VERBAIS

O *ar* nas *ár*vores...
O *mar* em po*mar*...
O *astro* no alab*astro*...
Sóis em giras**sóis**.

Formas que se arranjam
em signos constelares.

Só a *dor* não cabe em **Dor**otéia,
que preferia chamar-se Florisbela.

BA (R) BA

Anos e anos a se olhar no espelho
e a ouvir sempre a imagem
lhe dizer com familiaridade:
– deixa de fazer essa barba
você deve assumir seu rosto
com os sinais do tempo
e de sua fisionomia autêntica
afinal, há nela muito charme —

Boquiaberto de surpresa, deixou escapar
uma saliva que se misturou ao creme de barbear
uma baba espumosa deslizou pela pia

Da claridade espessa brotou a certeza
que o fez jogar para o lixo barbeador, creme e loção.

FALSA INTIMIDADE

Os *chats* não são chatos
quando lemos sinceros retratos
dos que se despem de seus recatos
para acolher e correr os riscos
de sua aventura amorosa

Ora, ora, que fala enganosa
brota desses versos
que devem ser lidos pelo avesso
para se desmascarar a ironia

Amores encontrados nas redes
aprisionados em promessas
envolvidos em cenário irreal
de um imaginário virtual?

Não caia nessa teia
tecida por um Eros-máquina!
Não dê ouvidos
à voz venenosa do vídeo!
Feche seu corpo às flechas de Cupido!

RECEITA DE POESIA

Segurar a vareta como uma varinha mágica
e pousá-la no papel de seda
Ouvir os sons do sopro encantado
Deixar o lápis-vareta traçar as linhas
Escolher a forma do corpo-poema
— retângulo, losango ou quadrado!!
Acolher os versos em paralelas simétricas
Colar bem as pontas que formam rimas
Assinar o nome de seu criador
Soprar na armação os sentimentos
Soltá-la para o leitor apanhar

DESROMANTIZANDO

Oh! que saudades que tenho
de pião, bolinha de gude
peteca, tamborete, bilboquê
bodoque, decalquemania.
Manias que ficaram para trás
onde ficam os românticos
que sofrem de nostalgia

Virgens de lábios de mel
são Iracemas com botox
ninguém quer dançar o fox
amores não são eternos
promessas ficam ao léu
palavras viraram torpedos
mandados por celular

Minha terra tem horrores
que me levam a cismar
sozinho à noite ou com ela
no meio de bananeiras
ouvimos o guarda apitar
espantando todos os pássaros
nem cheiro de sabiá

Deus, oh! Deus, onde estás que não respondes?
ecoa o grito de Castro Alves

que amou muitas mulheres, escravos e o povo
mas não conseguiu nenhuma resposta
para seus males e sofrimentos.
Por causa de uma ferida no pé
acabou tendo uma morte anti-heroica

OS JOGOS DE FERNANDO PESSOA

Em horas inda louras, lindas
Clorindas e Belindas, brandas,
Brincam no tempo das berlindas,
As vindas vendo das varandas,
De onde ouvem vir a rir as vindas
Fitam a fio as frias bandas.

Que som é esse que não para
cheio de *ins* e *ans* nasais?
Quem são essas Clorindas e Belindas
que não têm nada de lindas?
Onde estão essas varandas
e quem vem das frias bandas?

Ó Pessoa, dá licença,
já não é tempo de berlinda,
por que esse saudosismo?
A roda do tempo gira,
a nossa ciranda é bem outra
e quem não a acompanha
realmente é que pira.

RETRATO DE CECÍLIA MEIRELES

Houve um tempo em que minha janela se abria
para uma ponte onde não havia ninguém
mas eu imaginava lá estar Cecília
compondo a sua poesia.

Os cílios de Cecília
piscam céleres
ao brincarem com a paisagem.
O coração de Cecília
mal cabendo no tempo
e no regaço do espaço.

As lembranças de Cecília
são tranças que se enroscam
danças que se movem
crianças que vivem
de suas fantasias.

Os pensamentos de Cecília oscilam…
ou isto ou aquilo
não sabem se riem ou se choram
se falam ou emudecem.

Ouço as sílabas de sua canção,
são músicas que desafiam as musas.

Fecho a janela
e adormeço.

ÀS VOLTAS COM CAMÕES

O desconcerto do mundo
e do poeta,
(quando vou não vindes vós,
quando vindes não vou eu)
até parece aquela quadrilha
cantada por nosso Drummond:
João amava Teresa que amava Raimundo
que amava... até chegarmos a entender
que tudo vale a pena
se a alma não é pequena.

À MANEIRA DE BANDEIRA

Café com pão
Palmada não
Bolacha sim
Bofete não
Brinquedo sim
Castigo não

Virge Maria!
Que foi isso na esquina?
Foge gente
Foge bicho
Passa carro
Passa polícia
Corre bandido
Corre ladrão
Ufa, que susto!

Vou depressa
Vou correndo
Vou mudando
Pra bem longe
Pra cidade
Dos meus sonhos
Dos meus sonhos
Dos meus sonhos...

DRUMMONDIANA

E agora, José?
Por que deu no pé?

Mundo, mundo, vasto mundo,
tu andas tão imundo
que não agradas ao Raimundo

Quando eu nasci
um anjo torto
ou diabinho
disse baixinho:
Que meninão!!

Casas entre bananeiras
mulheres entre laranjeiras
só mesmo em histórias antigas
Um homem não vai devagar
Um cachorro não vai devagar
Os burros quase não há mais

DIALOGANDO COM JOÃO CABRAL

Palavras são como pedras ou grãos indigestos,
difíceis de serem tratadas pelo poeta,
a não ser por elaborados gestos.

O fio da sintaxe se quebra, por vezes,
os signos boiando como coágulos no papel.

Severino, o poeta dá suas lições,
a da poesia e a da natureza,
conjugadas na carnadura do verso;
sensações e sentimentos refratados
pela seriedade da linguagem.

A arquitetura do real e a corporalidade da palavra
encontram-se no traçado da escrita:
— espaço em que confluem as águas do Capibaribe
e as águas congeladas do discurso –
uni(verso) espesso e denso como um fruto
que o leitor (a)colhe para degustá-lo

POEMA CONCRETO

Para Augusto de Campos

```
                O
     NA    R       D
                A
            GIGANTE
          SINTO O ARDOR
                DE
             U     M


            A
    G          N
    I          T
     G    E


         A RODAR
```

REVOLTA

Perplexo diante da tela de seu computador
ele limpa os olhos para ver melhor
acompanha imóvel as palavras
saltando para fora da tela

Ele não sabe que elas me confessaram
seu cansaço de ficarem enquadradas
obedecendo a comandos
sendo tratadas como signos manipulados

Já era tempo de respirarem ar puro
ganharem vida
voarem pelo espaço
empinadas apenas pela liberdade
de sua própria imaginação

EMPINA(DOR)

    O quadrado
           de papel
                dança
           pelo
    céu
        mas
não
      ao
             léu

segue
   os impulsos
      da pequena
           e suja
mão

    o longo fio de linha
        fica
           horas
          a fio
              desafiando
        o
              ar

só não sabe
    o

empinador

        de pipas

    como

sustentar

    seus
        sonhos